歌集

川へ行く道

岡本はな

六花書林

川へ行く道　＊　目次

Ⅰ（二〇一八年十一月～二〇二一年）

装画　栗原じゅん子
装幀　真田幸治

川へ行く道

I

（二〇一八年十一月～二〇二一年）

鷺

すずやかな夏あさ曇りへアゴムのゆるみて床に落ちるその音

氾濫をすること自明とする橋のつよさを思ふ丸みある橋

白鷺はまぢかの畦に佇みて松重豊の眼光を見す

ちぎれたる夏草浮かび街川の取水口へとなだれて水は

水が水を乗り越えてゆくがふがふと出水口より吐き出され

バイパスを行く

ゆるゆると合流のため登る坂に白バイをらぬことを確かめ

火曜日の「会社」の人の渋滞に零細会社のわれも混じりぬ

おほき黒蛇車線を跨ぎ落ちてをり運命をみな器用に避ける

仕事がら事故の現場を見てしまふ彼は復職できただらうか

配達を了へれば軽くなる車体飛天の雲に身をゆだねたし

はね上がる運賃ゆゑの諍ひを宥めつつ飲む微糖コーヒー

土砂降りを抜ければ夏だ二人称に「おまへ」と歌ふスカにときめく

桜点描

聞いてないのつて叱られる　花枝《はなえだ》が翳さすやうなきみの声なり

雲をなす合はせ鏡の花の道お囃子の音に人らさわだつ

人に疲れ花に疲れて逸れる道　おばあちゃんにはなれぬ気がする

いつしかに眼ぢからつよき児を描く中島潔の桜点描

歳月はまぎれゆく砂はなびらは赤子の髪に留まりゐしが

おみやげ、と飲まなくなりしきみが置くビール一缶〈いちばん桜〉

ボヘミアン・ラプソディ

胸裡《むねうち》に拳を上げて胸反らし歩みぬ「ボヘミアン・ラプソディ」観終へて

如月の刈谷日劇は日に二回「ボヘミアン・ラプソディ」の上映つづく

パキ野郎と呼ばれて若きフレディははにかむやうに前歯を隠す

水を浴むフレディ・マーキュリーをるらむＣＤ果てしのちの無音に

カジモド

カジモドは無事かと直ぐに思ひたりノートルダム大聖堂炎上す

『ノートルダム・ド・パリ』読みたくなりて押し入れに仕舞ひし本の塊探る

どこまでも片恋なりしカジモドのかなしみを吾がかなしみとせり

あぢさゐ

後学のために触つてみてください　ほの紅き胸を開《はだ》けるあなた

術前の乳房に指は導かれうす皮のした凝るあぢさゐ

栽培の草花おほくは猫に毒あぢさゐはだめよと猫を抱き寄す

早上がりとなれば垣根の紫陽花の萼にみどり葉増して涼やか

ちちふさと思ふ柏葉あぢさゐの房の重みを触診なせり

つつがなく十年は過ぎをばの庭に百花溢れて紫陽花溢る

赤いポーチ

新しい元号に変はるときわれは枕の高さに悩んでゐたり

夜を翔ぶ蜘蛛に遇ひしはなつかしく気づけば髪に纏はれる糸

荒草になかば覆はれ積まれたる人骨とみゆ夜のブロック

繋がれし線をたどれば道へだて番《つがひ》のやうな夜の電柱

物質に引力はありポーチ数多買へば赤いポーチをいただく

りんかくの朦朧となるわたくしかなんでも屋なる仕事辞めれば

ジョン・テニエルのアリスの塗り絵ぬり始むするべき事はそつちのけなり

あを以外アリスのドレスを何色に塗るか悩みて過ごすひねもす

木を植ゑる――二〇二〇沖縄・久米島

冬物と夏物リュックに詰め込みて思案してゐるマフラーの場所

沖縄本島から久米島へ。

飛行機を乗り継ぐ不安きみに言はず指輪の向きを気にして回す

さたうきび揉み合ふ畑に古のひかる稲穂の景をかさねつ

ながながと夢のあひより伸びる砂洲おほちち眠る珊瑚の島へ

ガイドさんに久米島事件の話を聞く。

南島に軍属の祖父逝きしのち　沖縄燃えて　久米島領さる

攻撃は不要と訴へ、米軍上陸の案内をひきうけた人。

艦砲射撃を止めし島人《しまんちゅ》友軍にスパイ容疑で斬られ焼かれき

朝鮮人一家七人乳児までも命断たれきスパイと言はれ

虐殺のむかしがたりに風、芭蕉、亀甲墓のさやぎてやまず

黒檀《こくたん》に成る三線《さんしん》は沖縄のこころにあればひたにあこがる

三線の材となる黒檀の苗を植ゑる。

少年が粒の肥料を分けくれるちさき手のひらの熱を移して

百年の森を思ひて植ゑ了へぬ六十センチほどの未来を

マフラーをふた重に空港駅に立つ話したきこと零さぬやうに

油味噌をご飯にのせて　久米島のあの日の空に放心したし

異変

ビル群はぞくぞく天に聳ゆるに小さくなりゆく日本の焼菓子

冷えくさいと母は言ひにき国民に愛なき首相の冷えくささき嘘

「ラインがね半分減つた」「こはいね」と電車の中の会話無防備

人ごみに行かぬと決めてやすらげば戒厳令にも馴染む身体か

疫神の咆哮混じりてゐるやうな凄まじき風にフードを被る

マスクにて微妙に顔を逸らしあひ出入りの人とお辞儀を交はす

内側は玉の汗なりペットボトルは逆さに畑に捩ぢ込まれゐて

うつかり近づきすぎた中年の女性に「…でせう」と小声に言はる

梅雨

砂色の工場建ちて対岸の景はわづかにとほさ失ふ

「夏の扉」ひづみて聞こゆ疫病に潰えし夢のあまたその夢

総務省の労働力調査二〇二〇年三月、前年同月比。

二十六万人の非正規減らされてどしやぶりの雨を避ける傘がない

「傘がない」の傘のひみつをめづらしく明快に説く井上陽水

うろくづの雲に誘はれ朝まだき散歩するなりマスクを忘れ

いちにんを乗せる担架を思はせてガードレールの影淡く伸ぶ

カフェインレス有機珈琲ゆらしつつ昼夜わかたぬ鳥の声きく

あさあさに蜻蛉の湧きてふえてゆく　夏の葉書を出さなくなりぬ

夏のなごり

桃の葉の色褪せてをり猛烈の上ゆく危険な暑さのさなか

冷麺に茄子の煮物と串揚げのパックを買ひてわれらの晩餐

鋼鉄を打ち延べたやうな海苔を食む光太郎千恵子の「晩餐」尊し

区画整理がんがんすすむわが街を見に来たるらし風神、雷神

街

流水に当ててめがねを磨く朝すべすべになる秋の時空は

かけうどんたのめば付いた寒天のバナナの入つた手作りの匂ひ

夕星《ゆふづつ》となりて灯れるレコード屋にジャズも演歌のカセットも売る

行き迷ふ自由をもてる人としてナビの指示する道に逆らふ

並列に茶房に座るきみとわれ友達みたいに分けあふキッシュ

冬の痛み

開ききり調理鋏は要よりあつ、と外れて　さういふものか

夜の底にしんと要ははづれゐて調理鋏は鳥の死のごと

紙にさへ鋭き角のあることを痛みにさぐる冬のポケット

資格講習。

事故例5として問はるる人の死を唯一つなる人の死を学ぶ

赤い公園は、二〇一〇年結成のロックバンド。

赤い公園の津野米咲《つのまいさ》逝きたるををぢのごとくに悲しむきみは

芦名星　竹内結子　津野米咲　煌めいてのちふっと逝きたり

わたくしの生まれなかつた妹がこっちに来るなと膝蹴りをする

香港を塞ぐ大いなる掌を思ふマスクの中にわが籠りゐて

環礁の青をあつめたかはせみの光に遇ひぬわが誕生日

人類を滅ぼし尽くすウイルスはないと思へど　桃を植ゑなむ

天気雪

天気雪てんでに風に舞ひ飛びぬ義父《ちち》のいのちの先は見えざり

えんえんと運命論を聞かされて空調の音に滝をかさねつ

なよやかに納棺師の指動く時亡きひとはその母のかほとなりゆく

ありがたうとしか言へずにありがたう義父の肋骨かろくなりたる

バンクシー

堅牢な迷路とおもふＱＲコードをにぎり展覧会へ

競売に「風船と少女《ガール・ウィズ・バルーン》」裁断さるるを風船と少女のイデーが見下ろす

壊される塗り変へられる違法なる壁画の命のはかなさをいふ

反逆は体力が要る落書きのあとにすばやく逃げる筋力

反逆は体力が要る花束をとほくに投げるちから眼ぢから

ミッキーとドナルド・Mに手を取られし裸形の少女見覚えのあり

その絵は、「ナパーム」といふ。

ヒーローのあひだに泣き叫ぶ少女燃える衣服を投げ捨て逃げる

ディズマランドとはディストピア倒れ伏すシンデレラの背中　なまめく

カートごときりぎしの果て堕ちてゆくわれか消費の熱にうかれて

What's going on

歌声に万緑の葉は煌めいて外つ国おもふwhat's going on

麦畑の色づき初めしひとところ泥濘に黒く倒れし株あり

だしぬけに縦にずれたり映像の不具合、ぢやない空爆のビル

つんのめりながら医院に駆け込みてワクチン予約を問ふ媼あり

苦しみは可視化されずにサイレンの奔らぬ夜や体温を欲る

蜘蛛の巣

体調不安のため、四日間に三回救急搬送された三十四歳、その後。

一夜城のやうな蜘蛛の巣はらひつつサイドミラーを開きゆく朝

撮り溜めしデータのどこにも見当たらぬ子の表情にうろたへてゐる

あらゆることに過敏になりて水道の異音にさへも子は跳びあがる

日常を失くすより意識あることがこはいのだらう子は爆睡す

眉根よせ後部座席に風うける子をそれとなく盗み見をして

君づけをさんづけにして子のなにか変はることなど期待してゐる

日常をすすめることに腐心して巣を支配せし蜘蛛とは私

蜘蛛の巣にきらきら待ち構へる主がわが母だつたとしても壊した

デーミアン

羅《うすもの》のたなびく雲をつきぬけてあかるき鬱としての夏雲

少年の心おさらひせむとして全集を借りて読む『デーミアン』

真面目だが露悪的なるシンクレアに息子との距離を測りてゐたり

汝が裡の畏れあこがれアブラクサスはどんな貌を見せたのだらう

無神論者と言ひきれず恐れつつ書架より呼び出すアブラクサスを

過敏すぎる息子なれども地響きに似たるおならを黙して放つ

自粛の日々

父がきみに贈りしダンガリーシャツの袖のほつれを伸ばすアイロン

こまやかな父の気遣ひ夫の体に合はせたやうに沿ふリーバイス

父の何を知つてゐたのか常盤木のゆれる梢ばかり見てゐた

高らかに次男のうがひ響きをり新種の鳥の長啼きのごと

自粛とは旅館に貰つたシャワーキャップのゴムが緩みきるまでの時間

しゃびしゃびの珈琲ゼリーを流し込むそんな日々だけど悪くない

ひんやりと豆畑に風このあしたとほく祭りを報せる花火

II

（二〇二二年～二〇二三年）

たしかなるもの

きみとする宵の飲食《おんじき》えごま油をたらした野菜のうまみを語る

チャイを持つ手元がくるふ　カレンダーのにはたづみには汚れし未来

ミュートする指のためらひ伯林の壁くづれても壁はつくられ

レコード針の圧ゆるめればForever Youngディランの歌の軽やか

夕つ陽を容れるこがねの燠の雲クーポンよりもたしかなるもの

紙ふぶきの残像に眼はくらみつつＳＮＳにいいねを点す

疫病の明ければ指折り五人ほど友に逢ひたし多寡は知らねど

あひおもひぐさ

いづくより流れ着きたる大石か毛布にくるまり床に寝る子よ

起きてと言ふかはりに提案型にするお早う、卵は二個にしますか

頬ひげが顎に繋がりさうだねと言へば繋がるねと吾子は言ふ

子の部屋に煙草の空き箱溜まりをり若きチェ・ゲバラの真顔ふえゆく

赤いゲバラ緑のゲバラ君は赤いゲバラの箱ばかりを喫ふね

煙草とは相思草《あひおもひぐさ》もう君は恋をしないのと子に訊けずゐる

見晴るかす雲ひとつなきこんな日は五輪真弓の「空」を歌はむ

幻日

うすいくもはなだのそらにうかびをり感染最多更新翌朝

橋の辺に塩化カルシウムの大袋冷えゆくところ冬日かたむく

半日ももたない安い絆創膏あかぎれの指にぴらぴらと舞ふ

やや真剣にヒトが異星に移住する術《すべ》を説かれてにじむ幻日

ふくわんぜんなる月蝕の錆いろに仄かひかりの添ふを愛でをり

水の輪

水音をたてず優雅に漁れる川鵜に思ふ〈ソリスト〉デデューを

うつくしき水の輪描きスピンするヴィルジニー・デデュー忘れえぬ人

上手から下手へ堤防道をゆく自転車しづかせんさうの朝

俯瞰することつらからむ鳥たちがばらばらに散る　とほく爆撃

テレビ塔爆撃されて侵攻のかたちはきれいな円とはならず

父さんは残つて戦ふかもしれない　ウクライナの児は涙を止めず

「水仙とナチスがひびきあうことを…」内山晶太のうたを諳ず

いくさ

武のニュース画面にあふれ砲撃に戦車に兵に馴らされてゆく

軍用機耳をつんざく音をかはし仕事の会話の平静たもつ

〈戦況〉に疲れてえらぶ大河ドラマ同族あらそふここも暗雲

敵基地攻撃といきほふ人ら反撃と言ひ換へをしてまだまだ足らぬ

補給なく現地調達のおぞましさ陣地、食料、そして性をも

南島に軍属として征きし祖父補給もなくて病死か、餓死か

更新を日々せまられてハリコフとハルキウ同じ画面に書かる

カーターがブレジネフのキス受けしこと昔話めいておぼろに

ハグやキスをできるものなら長テーブルに事務総長とプーチンの距離

やはらかきかひなに猫をねむらせて弱いわたしを忘れたくない

ランタン

熟したるジューンベリーの実は外るすつと言葉を手放すやうに

小麦粉をひとつ多めに買ひ足してそれのみに罪の意識はきざす

ああわれはアッシェンバッハ偏愛する歌手に逢ふため白髪を染めて

子を前に滅びなる語は禁句にてさかりを過ぎし四片《よひら》うすみどり

いつもいつも言葉は足らぬ夜の空か水辺か浮かぶランタンあまた

線状降水帯

硬貨落とし硬貨の硬き音はせりわれを落とせばどんな音する

バッグの「まち」と発音するときにわれの唇すこし悦ぶ

小袋の内がはに残る切れ端をせせりて旨し珈琲羊羹

ずぶ濡れの線状降水帯その中のわれはどんどん渇いてゆけり

いくさ世にお湯に溶かして飲むだらうべたべたにくっついた外国の飴

堤防に酒焼けの月のぼりたりおそろしきまでいくさ世を思ふ

「のかなあと思ひます」なんて滅びろとむらさきの毒吐く花となる

毅きタンゴ

苔に水足りたか川は増水したか水のことばかり気になる

新墓《にひはか》のおもては川に向きてをりウクライナの墓はいづ方を向く

推しに逢ふ午後のときめき花のイヤーカフの痛みにまだ慣れなくて

ゲバラ生みピアソラを生みしかの国の毅《つよ》きタンゴに踵は踊る

感染防止のアナウンスのみの電車内かく肉声は死んでをりたり

長良川・揖斐川わたる橋のした川波はたつぷり濁り打ち寄す

チリー・ウィンド

晩秋の始まりを知るブラウスとジレの間を梳く肌寒き風《チリー・ウインド》
無伴奏チェロ組曲の第一番脳裡にながれ庭は乾いて

惣菜のヤンニョムチキン囲みつつ蛍光灯は昭和のひかり

座つたまま微睡むわれの手より子はしづかに椀を外しくれたり

「さん」づけに呼び慣れし頃子とわれに程よき間合ひ生まれたるらし

階段の壁に息子がパンチせし穴を塞がずときをりは見る

点滅するこころを持たぬＡＩが平らかに読む朝の訃報を

ザポリージャ原発攻撃されてこの夜をタップするたび鶫が殖える

ひんやりと調理鋏は鳥になる　使へる核兵器の感触しらず

めぐり

千年の砂になるのか物干し竿に巻かれ千切れたストッキングは

稲苗を積みし機械のかたはらに黙考してをり田を望む人

ぽふん、と畦に何かが投げられて荒草である　気配がうごく

「一般種子生産ほ場」の畑を過ぐしづかに展かれてゆく麦秋

大暑かなクリアファイルの冷たさに頭を預けまどろめる猫

水道は水のはずだがいつまでもぬるくて怖いやうな夜だな

一円玉の太陽

ふるさとの最低気温マイナス9度あの頃もそんな寒さだつたか

いつもひとりだつたと思ふ登校は重いランドセル背負ひ直して

ディーゼルの響きがやがやあたたかく列車はけふの旅人を待つ

凍りたる登校坂にとりついて攀ぢ登るごとし七歳われは

山巓にみればば盆地のこの町はミルクにしづむ方舟ならむ

正午まへにやうやう霧はうすれゆき一円玉の太陽のみゆ

せんせいは男でこはい赤白帽なくて叱られたことまた思ふ

大鵬の白い身体の動くさま茫とながめる祖母とならんで

訪問者

裏山に鷺はゆつたり滑空すディーゼルの響き消えたる駅の

跨りてペダルを漕げばふらつきぬふるさと巡る訪問者われ

碑《いしぶみ》はつるつるとして日記みな焼き捨てしといふ山頭火

「舎」の文字は人と吉とでできてゐる人吉《ひとよし》は人を迎へる家とぞ

駅そばのパン屋も旅館も廃業し「管理」と書かれし看板めだつ

ふるさとに向かふ線路は断たれたり洪水に流れし鉄橋いくつ

川に沿ふ鉄路がこころに近かつた飛行機とバス乗り継ぐよりも

不通なるレールのてつぺん錆は浮き荒草たちとものがたりする

ブロック塀のみが残れる空地にはロープの張られ川までの道

堤防に近づくにつれ増えてゆく空地の白さ　菜の花の湧く

「無事でしたけど一階は水没しました」ヤクルトレディは問はず語りに

仮橋にあやふく繋がるトラス橋は白と翡翠の瀬につらぬかる

確かめし実家のめぐり変はりなくあかめもちの葉さやさやと照る

焼き鮎の背肉みつしり香ばしくかじりつく歯を押し返したり

生き延びることが抵抗なんだよと意見が合ひてもらふ木くらげ

ふるさとを捨てたでせうと誰も言はず出会ふ人みな話好きなり

丘の辺《へ》に大手毬咲き新鮮な向きに見はらす盆地の川を

配信の花火大会つややかにほしは群れ飛ぶ驟雨のあとに

帰郷二〇二二年・それから

被災せし商店あつまるＭＯＺＯＫＡ《もぞか》タウン歯科医にピザ屋布団屋もある

ＭＯＺＯＫＡタウンをぬければ鉄道博物館《ミュージアム》花壇にひくく咲く金盞花

機関車を容れる倉庫の石造りその重厚を祖父とも思ふ

木造の家は溶けてしまへりとカフェの店主はくぐもる声に

惣菜を買ひに老父が通ひたるスーパーマルショク閉店してをり

錯乱の母が杖にて打ちつけし玻璃戸の罅も古りてゆくべし

国宝の神社の階を駆けあがり洪水は社殿を洗ひしといふ

池わたる橋の欄干なかば壊れ赤が眼に染む枯れ蓮も添ふ

壊れたる欄干ながめおほ姉は少女期のトラウマひとつ零しぬ

*

あれは二〇二〇年のこと。

あの日さへなかつたらと思ふことわれにもありてかなし故郷

七・四の忌日ちかづく昭和四十年を超えたる豪雨被害の

球磨川は暴れ川だから　胸底をテレビの人の言葉が抉る

故障の修理ができたといふ画像が流れてきた。

朝の駅平日は人まばらにてからくり時計のお囃子響む

肉店の豚まん復活せしといふ滋味を思へば湧きくる唾液

塩と紫蘇のみの梅干届けらる「お仕事がんばつてね」と文のあり

醒ヶ井の梅花藻

梅花藻にひと目逢はむと快速を乗り継ぎて訪《と》ふ湧水の川

オフィーリアの髪かも繁れる長き茎より繊き藻はゆれてたゆたふ

水中花銀河のごとし歌声はながれてあなたの梅花藻の歌

大雨の増水に花は散らされてふたたびちさき蕾を結べり

台風ののちに清水はよみがへり小花のあひにひかりの遊ぶ

暗緑の藻のかたはらに明るめる川床ありてしづもる小蟹

川のほとりに

夢の中の中洲に立てり泥色と碧き流れの合はさるところ

川遊び痺れるほどの冷たさに縋つた肩はだれだつたらう

あやつなど関係ないとつぶやきて淀みに奔らす水切り石を

還りたいって時には思ふわれは鮎　尺鮎よりもちつぽけにして

急流を山また山を鉄路にて分けゆけばいつか祖《おや》たちの海

夏至の日の浅瀬に脛をぬらしつつ永い友情　十年後に会はう

堤防の径を歩むはいつまでかはぐれたやうな赤蜻蛉ゐて

矢作川保津川球磨川逢妻川　川のほとりに住み替へる世や

鳧

過去形と思へばこゑもさびしいよ見張り田を越え啼きかはす鳧《けり》

工場の笑ふ少女の看板がいつもより笑つてるやうで夕時雨

ジュースより麦茶を好み草引きのあとののみどは水門ひらく

Ⅲ

（二〇一三年～二〇一八年十月）

まなざし

夕かげの東のみずいろはかなくて罌粟粒のごと落ちゆく一羽

一様に川上を向く白鷺のまなざしの先へわれも向くなり

重機らが三州瓦のために採る赤土のあかが濃緑に映ゆ

鳥たちの風切り音《おん》に切り裂かれされどあしたの傷つかぬ空

太陽に鼻腔を拡げくしゃみしてニタリと笑う息子に会いたい

台湾叙景

機上より眺めれば水田、実芭蕉《バナナ》、池あまたありここが台湾

そちこちに孔子廟あり仏像のごと鎮座する孔子と顔回

何の雑種かわからぬ犬が放たれて寝そべっており廟の日盛り

街中にバイクはあふれ店に売る極彩のヘルメットのみの山積み

ゆったりと円を宿して陳さんの太極拳は流れを止めず

とりどりの電飾の帯たゆたいぬ愛河クルーズのやわらかき風

魚、獣、香辛の匂いに揉まれゆく吾も不思議な匂いのひとつ

かき氷にマンゴー角切り山盛りをのせて売り子は「ハイ、八十元」

九份《ジウフェン》の狭き階段駆け下る吾は少女千尋となりぬ

台東のホテルの廊下に「空襲時…地下室避難」の案内図あり

声色

平日の農協に待つ人まばらスピーカーからひびわれた「SOMEDAY」

少しずつ世界は良くなるはずだった佐野元春《もとはる》の歌に湿りはなくて

うつむいて仕事していた浴室の鏡に映る猫背を伸ばす

加湿器の水を補充するときの定型に嵌めるしかない不安

「海月姫」楽しかったねシネコンの残り香ははや蜜の記憶に

夕暮れに鬱は兆しぬ逃れえぬならばどっぷりファドが聴きたし

ウクライナの人のメーデー行進に忘れていたり日本のメーデー

腰痛で歩行器に頼る母となり三ヶ月《みつき》連絡せざるを悔やむ

壇上にタクト振る母思い出す白いスーツの美《は》しき背筋を

「看護師ならさあ、ちゃんと勉強してほしい」姉の声色メールより立つ

天井川

守るものありて雲雀は天を突くわれは見上ぐるただの麦の穂

火薬と紙にかこまれしわれ燃え易く燃え尽き難きものとしてあり

拡声器は「大地震、大地震」と厳かに　訓練と聞きこめかみ緩む

子供らを纏わりつかせ歩いた日　追いかけっこの蜻蛉が速い

ひらけゆく天井川よ天につづくような露けき径をのぼりて

雷を首尾よく逃げたと思いきや家は鉄床雲《かなとこぐも》のふところ

戦争映画

祖父《おおちち》の果てし地の島マロエラップを検索するも情報少なし
おおちちの最期を知らず偲び観る美しくない戦争映画

厭戦の若い兵士に息子らを重ねてしまう「硫黄島からの手紙」

においつき戦場映画ありたれば凄まじからん手榴弾の自死

不許可写真集父の書斎にのぞき見つ中国人の撃たるるところ

崖下に砕け散る夢まくらより頭半分ずれて覚めたり

バファリンのBが胃液に溶けゆくを想像しつつ夜に溶けゆく

ぱたから

一心に「ぱたから、ぱたから」繰り返す機能訓練なのだと母は
干し柿のやわらかさもつ母の手を初めてのようにわが手に包む

教壇へ這って行って教えたというかつてメニエール氏病の母は

お姉は頼もしかりしよ月三度実家に通い老親《おや》を助ける

看護師の次姉は優しく手練れなりいとも自然に母を介助す

洋品店の狭いことを口実に母の世話焼きひとり占めする

ゆくりなくはっきり好みを口にして秋色ブラウス母は選びぬ

母の肩の小ささ薄さ手を添えて上着羽織るを助けてやりぬ

春から夏へ

白菜を四つに断ち割り悩みまで笊に干しあげ春を待ちおり

甘栗売りに追いかけられた姑《はは》のくれしタッパーにぎっしりの甘栗

お金持ちにあらねどバターを薫らせて黄金色のフィナンシェを焼く

花散らしの雨にはあらず自転車の青年（通ります）かるく会釈す

きぃきぃと金属音の正体をわからず過ごす春のオフィスに

枲となり子らよ翔べよと願いしが叶えば寂し　メールのひかり

台風になりたいと言いし五歳児はいまは賃労働に励みおり

腰低くはたらく青年行員のシトラス香りはつなつは来ぬ

ゆうがたのドアノブに触れ好きなひと嫌いなひとの脂に混じる

見知らぬ機械

ロキソニン半錠のようモノクロのおぼろに溶ける梅雨寒の月

とうさんのおぐらき喉にやすらかに降りておゆきよ錠剤は月

偽痛風、その他わからぬ病名を並べ告げたり主治医は義父に

一年はみじかく一日はながい　午後四時義父の湿りたる咳

人声の恋しき夕べ薬売るラジオ通販のボリュームを上ぐ

裏道の小さな八百屋は売り物のはみだし方がずっとおなじで

ゆくりなく臀のあたりを下る熱　からだは時に見知らぬ機械

夢違観音

悪夢を良夢に転じ給えよ夢違観音の眸《まみ》に似ている

脱衣室出でれば母が声潜め男に口説かれていたのかと訊く

濯ぎ物畳む視線がふいに泳ぎ消えろ、消えろ！と叫びぬ母は

妄想なき母の瞳は清かなり蒼く凪ぎたる有明の海

「典ちゃんよ、」額を寄せて話す父見上げる母は少女のようだ

表情の乏しき母が訥々と婚家の商い案じくれたり

車椅子の母を連れ出す病廊に葉祥明の絵のあまたあり

絵の中の犬はジェイクと教えらるひたすら跳ねる無邪気なジェイク

SKIP!

いと若きテロリストの表情筋を真似てみるそののちのさみしさ

銃口をなめる幼子殴られて怯える少年爆弾にされる少女

「市民運動は負けてもともと」Ｎさんは言いにきざっぱとビラ揃えつつ

安全保障関連法案を審議する国会、その周辺には。

似たような鴉がはなれて佇ちており演説の人それをディスる人

艦上に見得を切りたる宰相をＳＫＩＰ！すれば海老蔵のかお

銀の風

新春マラソンの幟のゆれており青菜小松菜捨てられし畦に

きれいごとと思えば冬日は照らし出すいずれは土に還る菜の嵩

ペーパーバックの歌集さらさら捲る時現世《うつしよ》の流砂の手触りはかな

はろばろと時空の間の旅をせし『墓地裏の花屋』に煙草の薫る

おおかたの人行く道をわかれ来て茅花野原に銀の風知る

フレームの赤き眼鏡に替えてより涼やかに鎧うこと覚えたり

八重桜

ハンサムに腰を畳みて足下の塵を拾いぬ女性車掌は

列車というにはあまりにかろき一両を見送りており桜の駅に

ピンク地に百合のパジャマを選びたりお洒落の大好きな母のため

拘縮のちさき手の甲の青ずみに触れれば温しぬくし母の手

地震《なゐ》つづき入院の母はいかに居る八重桜ひらく春は痛みぞ

父

改札へ父は迎えに立つのだろう数え米寿が車を駆りて

マルショクに一人分の菜を買うのみに車を使うちちのみの父

捨てる捨てる古い惣菜にカビたパン腐った野菜父の冷蔵庫の

捨てる捨てる古い油に干からびた饂飩汁の滴る怪しき物体

いくたびも今日何日と訊く父に示すデジタルの大きな日付

夕さり

大暑はや疲れはきざし電動のトイレの蓋に甘嚙みされぬ

わたくしのお尻のかたちに掃除機のヘッドが動くゆえにいざりたり

〈有名人のつぶやき〉という付箋売らるボッティチェリのヴィーナスの絵の

炊飯器毀れてしまいぬ夕さりのすき家にテイラー・スウィフト流れ

キュビズムの意匠と思うトラックの後ろに積まれし足場の材は

スーパーのいつもの経路をはみ出してわれに一缶のＹＥＢＩＳＵを宥す

熊本行き

壊れたる家並を縫う列車内ひとびと黙し空調は冷ゆ

地震より五ヶ月　熊本日日新聞に被災関連のニュースの溢る

断層の走れるという山麓に青いシートの家連なりぬ

ことごとくマンホール飛び出したるを繕いし痕を走るタクシー

垂直も水平も失くしたる街を歩むときわが軸のあやうさ

揺れた時こわかったでしょうと母に切りだせぬまま昼食となる

病院のソファーに沈み待合の壁の斜めの亀裂見上げつ

要介護5のわが母に要介護2の父が逢うこと叶うつかの間

ブッシュ・ド・ノエル

散り菊のようなる数多の様の字を並べて師走のルーティンとなす

歳末の喧騒はなれ読む歌集広辞苑にひく砂子《すなご》、靉靆《あいたい》

滾りたる湯にオリーブ油垂らしつつ後戻りできぬパスタを散らす

ある夜に開けたる扉ギョエエエと鳥族めいて啼きはじめたり

ミサゴ《オスプレイ》と呼ぶにはかなり不格好開発に三十人を死なしめ

夕つ方影絵に変わる梢うれに鳥を仕舞いぬ熱田の森は

雪雲は耳の痛みとともに来るああこの雪は積もるのだろう

一月のブッシュ・ド・ノエル粉雪は丸太に生れし茸にもふる

轍より溶けだす雪のかそかなる光る流れも川のはじまり

春のノック

羽衣文具廃業なせり数学者に愛されしという羽衣チョーク

揚力を与えられたる数式は鳥　憑かれたような「ガリレオ」の顔

段ボールにすばやく書いてすぐ消せる羽衣チョークは折れにくくあり

突沸に火を細めたりだれと見し坊主地獄か春おさなき日

なだれ込む桜花学園なぎなた部のジャージ明るしあさの電車に

真正面ありがとーう　少年の声まのびして春のノックに

こんにちは　見知らぬ子供とこんにちは　あかめもちの新葉が伸びる

くまモン

ビル街の疵は覆われ工事中のコーンを跨ぎ踊り子走る

大地震にいくたび揺れし城を背に加藤清正像錨のごとし

赤酒に漬け込みしという明太子《めんたい》を駅中に買う待つ人思い

デッサンの個性的すぎるくまモンも宥されており募金に起ちぬ

終日を病み臥す母の楽しみは僅かずつ舌にのせられる蜂蜜茶

喜々として母の五体をめぐるべし高カロリー輸液よりは蜂蜜茶

集団行動

仕事柄警官に会うことのあり去年《こぞ》の一人は居丈高なりき

人の流れの中立ち止まるそれだけで職質された男の話

集団行動の好きなこの国　きげんよく夏蔦の葉が照り映え並ぶ

〈普通がいい〉〈普通はイヤ〉の真ん中でゆれていたから自由だったな

「…ではある」と社説に結ばれもやもやの兆すあたりにジャムは垂れたり

浮かれつつなにか匿していうようなニュース横目にシンクを磨く

散会しては集うひかりか人々は丸ゴシックのプラカート揚げ

カーキ色の車両の幌に迷彩の腕とスマホのひかりほの見ゆ

半夏生

内よりのちから漲る球体を西瓜とよびて捧げ持つひと

触れしのみにぱちん、と裂ける果肉よりほとばしるみず劇《はげ》しき夏の

今年またあいたる半夏生いまを息づく母の面差し

段ボールに人型の汗は染みながら剝がれるごとくに起つ労働者

ゆえしれず車道の端にまろびたる玉葱一個も辛からん、夏

ぬれそぼる腫瘍のようなレーダーの雲を見張りぬ名古屋あたりの

おろしたてのワンピース着て担任に撲たれしことも遠ざかる雷《らい》

秋桜

病院を目指せばホームに着くはずが見えるは田圃と秋桜ばかり

助手席の高さに悲鳴をあげる父車椅子より移乗するとき

足を交差したまま父は固まりぬ二センチの段差が越えられぬ

ここで休憩しようと姉は停車する阿蘇の山容おおどかに在る

安納芋のマドレーヌを嚙みしめて「うまか」と父はしみじみ答う

炎症反応《CRP》おさまらぬ父ほかならぬ背骨に菌が取り憑いている

柚子

柚子の湯に肌は隈なくやすらぎぬ荒れ地に成りたるような香りに

休みなら行きたきものをどら焼きを売り「あん」を上映するイベントに

昼食をわざとぬいてきたという息子《こ》に食べさせる煮しめ、蟹すき

草の実の黒く冬日に照る道を賀状の返礼出しに行くなり

その家の前に毎日すれちがうパラパラ漫画のように老いる人

改竄

公文書改竄なすによき日かなうす雲覆い花粉にまみれ

改竄を書き換えと言いあまつさえ訂正と言う政府ぐずぐず

義母《はは》はラジオを義父《ちち》はテレビをつけており証人喚問の声の重なる

資本主義とともに民主主義も終わる説　プレッツェルを齧りつつ読む

だるまさんがころんだ、に忍び寄るようにオスプレイ入る横浜港に

公園に親子の遊ぶかたわらを貨物船過ぐオスプレイを容れ

ハイビームさえも吸わるる黒き霧進退ならず夢のはたてに

昭和という文字にゲシュタルト崩壊をおこせば平成も暮れむとす

中折れ帽

これの世の父の被りし中折れ帽ひそやかにあり通夜の部屋隅

「大きな手」と孫は言いにき骨ばった両手を叩きよろこぶ祖父に

結界のごとくフィルムに隔たりし柩の父の額《ぬか》光りおり

そういえば好きだったなあこの次は日奈久《ひなぐ》竹輪をお供えにせむ

幾たびか連れてゆかれし鄙びたる温泉街よ潮の香のする

海側の指定席

葬の日の雨明るくてこれはそう　海辺のサナトリウムのしずけさ

三姉妹ためらいがちに指重ね同時に火葬のボタンを押しぬ

常世にも道はあるらん健脚の足指の骨を壺におさめつ

手摺つかみ痛みに耐える父のためミトンは嵌めぬと話し合いし日

人が入れ替わってもずっと空いている海側の指定席　あなたか

息

食ぶることかなわぬ母の粘膜を口腔ケアの器具がうるおす

ときどき溺れそうな顔をするのよお母さん、と姉が耳打ちす

生きること時々忘れる無呼吸の数十秒をはてしなく待つ

お母さん息してえ、とよべば深海を浮上するごともらす声、（息）

くるしみを解かれし母の面差しに伎楽飛天の笙の音ふる

夏雲にピントが合って（母は気圏のおおきな風のひとつになった）。

枇杷

玄関の母の手になる枇杷の絵を朝ごとにみる夕ごとにみる

われだけの母にはあらず生徒らの母とも思いき子供ながらに

フラ踊る赤いドレスの母の指すぼめた形のプア、意味は花

何もかも捨てて逃げたいような夜があなたにありしかうつ伏せの月

お茶ゼリー一分かけて嚥下する喉の震えを見守りし昼

溜め息をつくたび波をかぶるごとく母の最後の息を思えり

とうめいな指揮棒をふる母なりきパッサカリアとフーガ溢れて

蜩の家

古布の酢水をしぼり拭く畳あおい稲穂の風をよびこむ

姉たちに両手を引かれ跳び越える花祭りへの径にわたずみ

校長には死んでもならぬと息巻ける壮年の父のひたいの白さ

練習帳、トンボ鉛筆受け持ちの貧困の児に分けると母は

ポテチ食みハイボール手にみる笑点　茶の間とははるか昭和の響き

祖父の墓遺骨はなくて竹むらに日の翳るたびひぐらしの鳴く

三姉妹嫁し老親も引き取られ櫚の家はまぶたを閉じぬ

記憶よりかろき警笛こだまするＳＬ見送る盆地の町に

跋

技術と個性

藤原龍一郎

夕かげの東のみずいろはかなくて罌粟粒のごと落ちゆく一羽
一様に川上を向く白鷺のまなざしの先へわれも向くなり

第三章の冒頭、「まなざし」五首のうちの始めの二首。この歌集は三部構成で、新しい順に二章、一章、三章というかたちになっている。つまり、掲出歌二首は、もっとも古い時期につくられた作品と言うことになる。

一首目は端正な写生歌であり、二首目は写生に自らの心理をうっすらと乗せてみせる、いわゆる現代短歌の定石にのっとっている。いずれにせよ、どちらの作品も非常にしっかりした技術力に支えられている。これは、初期の頃から歌人・岡本はなが、言葉をきちんと扱う意志と力を身につけていたことの証左といえる。

この「まなざし」一連の残りの三首も引用してみる。

重機らが三州瓦のために採る赤土のあかが濃緑に映ゆ
鳥たちの風切り音《おん》に切り裂かれされどあしたの傷つかぬ空

太陽に鼻腔を拡げくしゃみしてニタリと笑う息子に会いたい

五首一連としての構成にも気が遣われている。三首目は、白鷺のまなざしの先を私が眺めると、そこで赤土を掘る重機の動きが見える。それはこの土地の産物である三州瓦の素材となる土である。起承転結で言えば「転」の歌である。続いての歌では、視覚から聴覚に感覚が移り、さらに空へと視線が上昇する。そして、五首目の歌では、その見上げた空の太陽から、くしゃみをする息子の笑顔に転じて行く。人事、それも息子のイメージが起承転結の「結」として登場するのだ。写生からイメージへとなめらかに五首の表現が流れて行く。丁寧に考えたうえで、一首一首の表現が組み上げられ、構成意識がすぐれている。要はすぐれた一連であるということだ。

もう少し、別の作品を見てみたい。

冷えくさいと母は言ひにき国民に愛なき首相の冷えくさき嘘
疫神の咆哮混じりてゐるやうな凄まじき風にフードを被る

マスクにて微妙に顔を逸らしあひ出入りの人とお辞儀を交はす
「夏の扉」ひづみて聞こゆ疫病に潰えし夢のあまたその夢

コロナ禍の始まった二〇二〇年の作品。一首目の「冷えくさい」という母の言葉は方言であろうがイメージは伝わってくる。下の句で「愛なき首相の冷えくささき嘘」とリフレインされているように、嘘っぽいとか心がこもっていないという意味であろう。二首目、三首目はコロナ禍の日常のスケッチ。あの時期のことを場面として思い出させてくれる。四首目は、誰もがマスクをしていた二〇二〇年の夏の寂しさを、松田聖子の「夏の扉」がひずんで聞こえてくるという聴覚的な体験で、巧みに再現できているように思える。

このコロナ初期の時期を少し過ぎてからは、次のような作品がある。

芦名星　竹内結子　津野米咲　煌めいてのちふつと逝きたり
わたくしの生まれなかつた妹がこつちに来るなと膝蹴りをする
香港を塞ぐ大いなる掌を思ふマスクの中にわが籠りゐて

一首目の三人の名前は二〇二〇年の九月から十月にかけて、自ら命を絶ったアーティストたち。コロナ禍の初期に志村けん、岡江久美子といった著名な芸能人が亡くなり、日本人はコロナの恐怖をまざまざと実感した。しかし、初めてのコロナの夏を超えての九月、十月にこの人たちが相次いで自死したことは、誰でもが記憶していることではない。しかし、岡本はなにとっては、一首の歌にせずにはいられない事実であったのだ。この歌から、死という観念が導き出され、二首目の歌につながって行く。「生まれなかつた妹」なるフレーズにはリアリティがある。まぼろしの血縁であるからこその「こつちに来るな」というメッセージだったのだろう。

これらの歌に続いて、香港の作品が置かれているのも、岡本はなの個性的な表現意識のあらわれといえる。二〇二〇年の香港は、民主活動家の周庭さんや黄之鋒さんが逮捕され、民主化運動を弾圧する「国家安全条例」が施行されたりと、連日、ニュースに取り上げられる状況だった。大いなる掌というのは大陸の権力の恐怖だろう。コロナの恐怖から死のイメージが呼び起こされ、それが現実的な国家権力の威圧的な現実に変貌する。コロナ禍の日常から始まって香港へと至る、表現の深さと広さが一連を立体的にしている。

あらゆることに過敏になりて水道の異音にさへも子は跳びあがる
日常を失くすより意識あることがこはいのだらう子は爆睡す
過敏すぎる息子なれども地響きに似たるおならを黙して放つ
「さん」づけに呼び慣れし頃子とわれに程よき間合ひ生まれたるらし
階段の壁に息子がパンチせし穴を塞がずときをりは見る

息子との関係を詠った作品。最初の二首は「蜘蛛の糸」という題の一連の中のもので、「体調不安のため、四日間に三回救急搬送された三十四歳、その後。」との詞書が付されている。心身に不調をきたしてしまった息子との距離感にとまどう母親の心理が衒わずに表現されている。息子との間に何らかの軋轢が生じていたこと、そして、それが時間の流れの中で、一つの着地を見せたことがわかる。四首目の「間合ひ」という言葉にリアルな感情のやすらぎが見えるので、読者としてもほっとする。母親の立場から詠った息子との関係の表現、ここにも個性があらわれていると思う。

川に沿ふ鉄路がこころに近かつた飛行機とバス乗り継ぐよりも

還りたいつて時には思ふわれは鮎　尺鮎よりもちつぽけにして

最後に川の歌を二首。歌集の題名が『川へ行く道』であるように、川は岡本はなの原郷といえるようだ。故郷は熊本県の球磨川ほとりの人吉市、そして現在の居住地も東海地方の川のほとり。自らを鮎に喩えた二首目には、純粋な心情が投影されている。

歌人の心は時代の陰翳をうつして、さまざまな表現を模索しながら、くり返し川へと帰って行く。その往還のうちに、どんな個性的な表現が生まれるか、大いに期待したい。

あとがき

短歌のようなものを初めて綴ったのは二十四歳の時。第一子出産の直後になぜか五七五七七のフレーズがごく自然に脳裡に浮かんだのです。しかし程なく子育てや仕事の忙しさにまぎれ、そのフレーズも忘れて永らく短歌に近づくことはありませんでした。

詩を綴ることは好きで詩の朗読の活動に関わったり、寺山修司を入り口に短歌を知って前衛歌人たちの世界観にあこがれていた頃、ある新聞の書評欄の中の歌が目に留まりました。それをきっかけに私の中で再び短歌のフレーズがぽろぽろと溢れ出したのです。

うずくまる一人のごとき量感を夕の畑に紫蘇の葉しげる　　内山晶太

なぜこの歌だったのか今も説明できません。その後新聞歌壇などに投稿していましたが、作品を継続的に評する他者の眼が必要と感じ短歌人会のＨＰにある「特定の作歌理念のようなものは（中略）各自が各自なりに考えること」という文言に共鳴し、入会しました。しかし今では、その言葉の一面の厳しさを思い知っている最中なのですが。

一途さというものに欠け、飽きっぽい（それに気づいたのは大人になってからです、あぁ！）私が、毎月選者に詠草を送り、雑誌に載せていただくことを十一年以上も続けられたのは我ながら不思議なことです。

今回歌集を纏めようと思い立った契機は、熊本県などを襲った令和二（二〇二〇）年七月豪雨の発生でした。人吉球磨地方など球磨川流域だけでも死者は五十人を数え、流域の市街地や山合いの町の住宅やインフラが破壊され、帰省に使っていた肥薩線も甚大な被害を受け不通となりました。氾濫した川水は線路を越え、駅裏の空家になった実家の庭先まで押し寄せ、親戚や友人も被災しました。帰れば当たり前にあると思っていた故郷の風景が当たり前ではなかった。故郷への向き合い方を改めて考えさせられました。いい思い出も辛い思い出もある生地への思いを短歌に残し、故郷の再生への願いを込めたい。拙くても形にしたいと思ったのが一つの大きな動機です。作品を選びながら、短歌の岸辺に戻ってきてよかった、泳ぎ続けてきてよかったと確信を深くしています。

この歌集の構成は編年体ではありません。二〇一三年から二〇二三年までの作品四四五首を結社誌に載った歌中心に纏めました。Ⅰ部・Ⅱ部は、近年の自身の心に近い文体として選び取った旧かなづかいの作品、Ⅲ部がそれ以前の年代の、新かなづかいの作品となっています。発表当時より改作したものもあります。

歌集を纏めるにあたっては、多くの方にお力添えをいただきました。入会当初に月例作品を選歌下さり、軸の定まらぬ私を折々に励まして下さった今井千草さん、全体の選歌を引き受けて見守って下さった生沼義朗さん、跋文をお寄せ下さった藤原龍一郎さん、装画を描いて下さった旧友でイラストレーターの栗原じゅん子さん、装幀の真田幸治さん、名古屋歌会をはじめ、ご指導くださった短歌人会のみなさん、六花書林の宇田川寛之さんに厚く御礼申し上げます。

二〇二四年十月

岡本はな

略歴

岡本はな（おかもとはな）

1961年　熊本県生まれ。
1981年　愛知県に転居。
2007年頃、詩の朗読活動を経て、前衛短歌に出合う。
2012年　新聞歌壇などに短歌を投稿。
2013年　短歌人会に入会。現在同人。

現住所
〒444-1162
愛知県安城市小川町福地37－6

栗原じゅん子（くりはらじゅんこ）

1961年　佐賀県生まれ。嵯峨美術短期大学洋画科卒。
現在新潟市にてイラストレーターとして活動中。
2002、2003、2005年　日本郵便お年玉年賀葉書信越版の絵柄に採用。
日本ユニセフ協会絵本「ユニセフとえがおのひみつ」イラストを担当。

川へ行く道

2024年12月25日　初版発行

著　者――岡 本 は な

発行者――宇田川寛之

発行所――六花書林
〒170-0005
東京都豊島区南大塚３－24－10　マリノホームズ１A
電 話 03-5949-6307
FAX 03-6912-7595

発売――開発社
〒103-0023
東京都中央区日本橋本町１－４－９　フォーラム日本橋８階
電 話 03-5205-0211
FAX 03-5205-2516

印刷――相良整版印刷

製本――武蔵製本

定価はカバーに表示してあります
ISBN978-4-910181-76-9 C0092